21703

Ye

L'EXPIATION.

Je desire que mes cendres reposent sur les bords
de la Seine, au milieu de ce peuple Français que
j'ai tant aimé.

CODICILE DU 26 MAI 1821, A SAINTE-HÉLÈNE.

DE L'IMPRIMERIE DE GILLES-GIBERT.

—

1840.

L'Expiation.

5 MAI 1821. 5 MAI 1840.

I.

ALLONS, mes vieux sabords, mes vaisseaux vermoulus,
Aux mâts découronnés, qu'une eau stagnante mouille,
Dans la vase des ports, vétérans confondus,
Et dont le bronze éteint se ronge sous la rouille,
Appareillez ! — Là bas, au sein des vastes mers,
Par-delà l'équateur, j'ai vu luire une étoile;

Hâtez-vous : que le câble, en sifflant dans les airs,
   Aide au vent qui gonfle la voile.
Qui de vous, le premier, sera prêt à partir?
— Toi, qui le révélas, jeune encore, à la France,
Quand il vint, fier aiglon qui lit dans l'avenir,
Essayer parmi nous sa sérieuse enfance?
Toi surtout, vieux Muiron, dont les triples couleurs,
Aux bords des Pharaons, aux murs d'Alexandrie,
Annoncèrent un jour ces hardis voyageurs
Qui de l'antique Égypte éveillaient le génie?...
— Sera-ce toi, débris d'un naufrage éclatant,
Qui, parmi la croisière inquiète, importune,
Vers les bords de la France où l'avenir l'attend,
   Portas César et sa fortune?
— Sera-ce toi, vaisseau digne d'un meilleur sort,
Du bataillon sacré trop incertain asile,
Quand il vint tout à coup abriter dans le port,
Son aigle qui bientôt volait de ville en ville?
   — Sera-ce toi, Bellérophon,
   Témoin d'un crime lamentable,
   Toi qui conserves sur le front
   Comme une tache impérissable ;
   Ah! si ta carêne languit
   Dans quelque hâvre délaissée,
   Relève-toi, son astre luit,

Et ton injure est effacée !
Viens; franchis des flots trop connus ;
Viens; que le drapeau tricolore,
Cause de maux qui ne sont plus,
Près des étoiles brille encore ;
L'œil de Dieu sur nous s'est baissé ;
Le présent absout le passé.

II.

Mais où sont ces témoins de malheur et de gloire,
Ces monumens des jours que nos pères ont vus ;
Où sont-ils ? — De leur sort personne n'a mémoire,
Ou dans les arsenaux ils gisent abattus.
— Eh ! bien, qu'un autre vienne, impatient, rapide,
De son jeune baptême encor tout glorieux ;
Comme aux jours d'autrefois, qu'un fils de roi le guide;
C'est un nouvel Argo, mais son chef plus heureux,
Ne va pas dérober les trésors de Colchide.

III.

Place au vaisseau sacré, place au vaisseau des Dieux !
Son étendart français flotte en paix sur les ondes,

Un jour vient d'effacer un forfait odieux,

Un seul jour a fermé des blessures profondes ;

Le peuple qui vingt ans contre nous a lutté,

Notre émule de gloire, aujourd'hui notre frère

A scellé le pardon sur l'urne funéraire ;

A des mânes proscrits il rend la liberté ;

Il salue avec nous la sainte Théorie

Qui va chercher l'Oracle au temple de Délos,

Pour le Palladium l'autel se purifie ;

Place au vaisseau sacré ! place, il porte un tombeau !

IV.

Hâtez-vous ! hâtez-vous ! l'encens suit la prière ;

Argonautes choisis, à votre pavillon

Suspendez un drapeau d'Austerlitz et du Caire,

Et sur les flancs brunis de la sainte galère,

      Gravez : Napoléon !

V.

    Et vous, les témoins de sa gloire,

    Vous, ses compagnons d'autrefois,

Capitaines que la victoire
Avait faits plus grands que des rois;
Ombres, jetez votre suaire,
Tressaillez dans vos monumens,
Et pour la fête populaire,
Reprenez vos commandemens.

— Morts! voici l'Empereur! — Morts, voici la revue
Qu'au vaste Champ-de-Mars il passera bientôt;
Que tout s'agite et se remue,
Les clairons, les tambours auront un bel écho.

Qu'à la voix de leurs chefs les bataillons s'alignent;
Ici la garde, ici vélites d'Aboukir,
Là, les verts chasseurs qui trépignent,
Là, les conscrits d'hier que le feu doit vieillir.

—Bien! — Maintenant venez, Lannes, Duroc, Bessières,
Sage Desaix, Kléber, géant du Monthabor,
O vous toutes âmes guerrières,
Pour lui faire cortége éveillez-vous encor;

Avec tes escadrons, accours prendre la tête,
Toi, Murat, dont le trône, hélas! est pardonné,

Toi qui devais, dans la tempête,
Mourir comme un soldat, vers l'ennemi tourné!...

VI.

Hélas! de ces grands noms, de ces nobles annales
Bien peu de souvenirs! — et ce n'était qu'hier!...
Les rangs sont éclaircis; la mort, sans intervalles,
Achève les guerriers qu'à mutilés le fer!
Veille, ô Dieu tout-puissant, sur le peu qui respire;
C'est notre orgueil à tous, notre jeune blason,
C'est l'éloquente page où nos fils viennent lire
       L'histoire de Napoléon.
A ceux qui l'ont suivi dans l'île solitaire,
A ceux qui du captif ont fermé le tombeau,
Donne, ô Dieu tout-puissant, de revoir sa poussière
Et de rendre à la France un glorieux dépôt.
Ils n'ont pas demandé, pour prix de leur constance,
Que le vain bruit du monde environnât leur nom;
Mais l'univers le sait, mais chaque enfant en France
Montre du doigt Bertrand, Las Cases, Montholon:
— Toi surtout, âme pure, et d'honneur toute sainte,
Homme des anciens jours, vrai sage, vrai guerrier,
Toi, BERTRAND dont le cœur a gardé chaque empreinte

Des fers que sur ses bras a rivés le geôlier...
Oh! sois heureux! la mort a respecté ta tête,
Mon vieux soldat! et Dieu qui bénit un grand cœur,
Te gardait parmi nous pour couronner ta fête,
     La fête de ton Empereur!.....

VII.

Bien des voix l'ont chanté, l'ont maudit : — Double crime :
Ils l'avaient proclamé le génie éclatant,
Le bras droit du Très-Haut, le fort, le magnanime,
L'homme prédestiné, le héros triomphant,
L'éternel! — Et plus tard, quand il tomba du trône,
Quand son front chancela, quand son astre pâlit,
Chacun voulut des dents lui ronger sa couronne,
Et le grand Empereur fut un tyran maudit.
Plus le titre était haut, plus basse fut l'injure ;
La meute se jeta sur le lion forcé,
Son nom jadis symbole, et maintenant souillure,
De tous monumens disparut effacé ;
A l'aigle qui tombait on arracha les ailes,
On renia le Christ étendu sur la croix ;
On courut déchirer, par d'infâmes libelles,
Celui qui sur le bronze avait écrit nos droits ;

Le fier républicain qui rampait sous son glaive,
Alors qu'il est brisé, dit d'un air indompté :
  « Qu'as-tu fait de ma liberté! »
Des mères et des sœurs l'anathême s'élève ;
  Toutes ensemble ont dit :
« Qu'as-tu fait de nos fils, qu'as-tu fait de nos frères ?
» Tu nous les as ravis pour tes jeux sanguinaires ;
  » Vil tyran ! — Sois maudit !... »

VIII.

Pardonnez-leur, mon Dieu, car leur colère est prompte ;
  Car ils ne savent ce qu'ils font ;
Pardonnez-leur ! — Le temps est mauvais ; ils ont honte
  Du joug qui déchire leur front !
Oh! pour vingt ans de gloire une seule défaite ;
  Tout un siècle pour un seul jour !...
Laissez passer, mon Dieu, l'effort de la tempête,
  Et la justice aura son tour !...

IX.

 — Écoutez ! — Il est mort ! — Silence !
Il est mort le grand Empereur,

Et cette rumeur qui s'avance
D'épouvante glace le cœur.
Il est mort! et Dieu clot le livre
Où son nom demeure immortel!
Il est mort! il commence à vivre;
Son tombeau devient son autel.

Les peuples accourent en foule
Comme à l'Oracle de Memnon,
Pour apprendre ce qui découle
Des lèvres de Napoléon.
Déjà son règne est une histoire;
Son nom pousse le genre humain,
Et de sa merveilleuse gloire
L'Orient se trouble un matin.

Alors, des quatre bouts du monde,
A travers le grand océan,
Une voix monte, roule et gronde
Comme un appel du Jugement;
Et dans ce concert unanime
Que forment les peuples en chœur,
On entend un écho sublime
Répéter : Vive l'Empereur!...

X.

Va ! tu seras encor salué d'âge en âge,
Toi que les nautonniers se montraient dans l'orage,
D'un étrange destin, éternel souvenir,
Rocher de Sainte-Hélène où l'aigle vint mourir !
Phare dont la lueur éclaira les deux mondes,
Écueil dont l'ombre étroite, au sein des mers profondes
Peut à peine abriter les trois mâts d'un vaisseau,
Et qui de l'Empereur enfermas le tombeau !
— L'Empereur ! on l'a donc salué de sa gloire !
On a rendu son nom au fils de la victoire,
On l'a légitimé sous le sceau du malheur,
Et quand il fut bien mort, on a dit : l'Empereur !
Oh ! c'est qu'il n'en est qu'un ! — un seul. — Son auréole
A travers tous ces flots sur la tempête vole ;
Car ces rois d'ici bas, ces fils de l'Éternel,
On les nomme sans doute à la face du ciel ;
On dit : Louis, César, Auguste, Charlemagne,
De leur titre de Grand chacun les accompagne ;
Mais lui, c'est l'Empereur. — Et parmi tant de fronts
Sur qui, d'une couronne ont brillé les fleurons,
Le seul dont la mémoire ici soit populaire,

Le seul à qui son nom ne soit pas nécessaire,
Le seul dans son berceau, le seul dans sa grandeur,
C'est lui, c'est l'Empereur !

XI.

Salut donc à toi, Sainte-Hélène,
Volcan où dormit un volcan,
Nom sacré qu'une bouche humaine
Ne prononce plus qu'en tremblant !
Terre sainte par un naufrage,
Hâvre chéri du matelot,
Toi qui l'abrites de l'orage,
Toi qui lui montres un tombeau !

Salut à toi, Mecque nouvelle
Où s'arrêtait le pélerin,
Où l'Alcyon prit sur son aîle
L'Aigle abattu par le destin :
Salut à toi, cime hautaine,
Salut tombeau réparateur !
La voix qui maudit Sainte-Hélène,
Bénit aujourd'hui l'Empereur !

XII.

Et vous qui traversez les ondes solitaires,
    Peuples, tribus, vaisseaux,

Vous qui portez nos lois, nos grandeurs, nos misères
    A de lointains échos,

Vous qui dites aux bords de l'Indus et du Gange
    Le nom de l'Empereur,

Et des mystiques bruits de sa fortune étrange,
    Faites battre tout cœur ;

Ah ! si tout près de vous, si la nef trois fois sainte
    Se croisait au retour,

Inclinez-vous, priez, puis invoquez sans crainte ;
    L'astre brille à son tour.

Les saules dont vos mains ébranchaient le feuillage
    En pieux souvenir,

Là bas, avec son nom grandiront d'âge en âge,
    Et ne sauront mourir ;

Le tombeau sera vide et pourtant l'île entière
    Et l'immense océan,

Et les voix qui s'en vont, joignant chaque hémisphère,
    Au nom du Tout-Puissant,

Vous diront : « Le proscrit, aux rives de la Seine,
Dans sa gloire repose ;
Mais l'étoile du soir qui brille a Sainte-Hélène,
Dit son Apothéose ! »

Fin.